# 衛斯理系列 少年版 19

# 追龍

上

作者：衛斯理

文字整理：耿啟文

繪畫：鄺志德

## 老少咸宜的新作

　　寫了幾十年的小説，從來沒想過讀者的年齡層，直到出版社提出可以有少年版，才猛然省起，讀者年齡不同，對文字的理解和接受能力，也有所不同，確然可以將少年作特定對象而寫作。然本人年邁力衰，且不是所長，就由出版社籌劃。經蘇惠良老總精心處理，少年版面世。讀畢，大是嘆服，豈止少年，直頭老少咸宜，舊文新生，妙不可言，樂為之序。

倪匡　2018.10.11　香港

目錄

白素

陳長青

衛斯理

孔振源

孔振泉

# 第一章

# 雨夜奇遇

那天晚上，雨下得極大，站在歌劇院門口避雨的人，都帶着無可奈何的神情，望着外面的**傾盆大雨**。

雨在歌劇散場時開始下，已持續半小時，而且愈下愈大。聽歌劇的人都是衣冠楚楚的**紳士淑女**，不會冒着大雨去找車子，所以從歌劇院門口到大堂都擠滿了人。

我對歌劇的興趣不大，因為節奏太慢了，主角明明快要死，還拉開**喉嚨**唱上十分鐘。不過，白素倒是十分喜歡，我只好陪她來。

小小的空間擠了好幾百人，實在不好受，而且雨勢一點也沒有停止的意思。我等得不耐煩，便說：「車子停得也不遠，我去開車過來接你。」

我正想走出去之際，白素拉住我勸道：「再等一會吧，何必**淋雨**。」

「不忍心讓我淋雨嗎？」我俏皮地問。

白素笑而不答。

但我是個**急性子**，實在無法再呆等下去，便打着

浪漫的旗號說：「那麼你陪我一起淋吧！」

　　我說着已經拉住她的手，向外面擠去。她半推半就地跟隨着，嬌嗔道：「你瘋了嗎？」

　　「請讓一讓，請讓一讓。」我伸出手開路，拚命從人群中**鑽**出去。

　　快擠到門口時，我的手碰到了一個人，那人轉過身來來，**冒火**斥責：「擠什麼？外面在下大雨！」

　　那是一個樣子相當莊嚴的中年人，濃眉、方臉，略見禿頭，身體已開始發胖，一望而知是生活很好、很有**地位**的人。我

微笑道:「不好意思,請你讓一讓,我們打算雨中漫步。」

那中年人毫不識趣,悶哼了一聲。我也不管他了,拉着白素,在他身邊走了過去。

就在這時候,忽然有人大叫:「衛斯理!」

我循聲看去,原來是陳長青正急急忙忙地向我擠過來。他雙手用力撥開人群,比我粗野得多了,當他伸手推開那中年人時,我心裏暗笑,想看看那中年人怎樣把陳長青罵個狗血淋頭。

可是出乎我的意料,那中年人被陳長青推得跌了半步

也沒有動怒，反而**張大了口**望着我，現出十分驚訝的神情。

我大惑不解之際，陳長青已經來到了我面前，嚷着：「衛斯理，見到你真好，我剛好有事找你。」

他大聲說話，群眾的**目光**又集中到我們這裏來，我立時說：「好，有什麼話，我們一面走一面說。」

陳長青呆了一呆，「一面走一面說？外面在**下大雨**！」

「那好，你**避雨**，我們走了。」我趁機拉着白素轉身就走，不管陳長青在我背後怎麼叫，我都不回頭。

我和白素走出大門，淋着雨**奔跑**，不到半分鐘，全身濕透後，我們更豁出去了，故意往積水深的地方用力踏下去，踏得**水花四濺**，互相作弄，玩個不亦樂乎。

可是我倆都感覺到，有人在跟着我們。我以為是陳長青，對白素笑道：「讓他淋淋雨也好。」

但白素說：「**不是陳長青。**」

我怔了一怔，轉過頭去，看到我身後站着一個人。

他不是陳長青，全身也濕透了，頭髮貼在額上直淌水，連 **睜眼** 也有困難，樣子狼狽之極。我要仔細看，才認出他就是剛才斥責過我的那個中年人。

一看到他這副趣怪的 **狼狽相**，我就忍不住哈哈大笑起來。

還是白素比較客氣，禮貌地說：「這位先生有話要對我們說嗎？我們的車子就在前面，到前面去再說吧。」

那人 **欲言又止**，這時一輛黑色的大房車駛到我們身邊停下。穿制服的司機慌忙下車走過來，為那中年人撐傘，「**二老爺**，快上車吧。」

這位「二老爺」終於開口了，對我説：「衛斯理先生？」

我點了點頭。他立刻又説：「可以請兩位上車嗎？」

我搖頭道：「我們的 車 就在前面。」

那中年人有點 發急，伸手抹去臉上的水，結結巴巴地説：「有一個人……要見你，他……快死了，要見你是他的 心願，我希望……你能答應。」

他顯然是不習慣求人，白素同情他，輕輕拉了一下我的 衣袖，示意我答應他的要求。

那中年人打開了 車門 ，「兩位，請先上車再説。」

白素説了一聲「謝謝」就上車了，我只好也跟着上車。這輛大房車有三排座位，那中年人坐在後座對面的那排小座位上，面對着我們，吩咐司機：「回家去。」

這時我才認真看清楚他的 外貌，估計他約五十多歲。

他好不容易從濕透的身上，取出了一張 名片 交給我，

「我姓孔。」

我一看名片上的姓名，不禁怔了一怔，「孔振源」

這個名字我當然聽説過，他不算十分活躍，但有相當高的

社會地位，屬於世家子弟從商，經營作風比較 保

守穩重。

「請問要見我的人是誰？」我直截了當地問。

孔振源把車上的 *面紙* 遞給我們，他自己也一邊抹着臉上的水，一邊說：「是家兄。」

「他為什麼要見我？」

孔振源嘆了一聲，「衛先生，家兄年紀比我 **大**……」

聽到他這句話，我幾乎把今天的晚飯 噴 了出來，「這不是 **廢話** 嗎？」

孔振源連忙解釋：「不，不，我的意思是，家兄的年紀比我大很多，他大我 **三十八歲**，我們是同父異母的兄弟，先父六十六歲那年才生我。家兄今年九十三歲了。」

兩兄弟相差三十八歲，雖然並不常見，但也沒有什麼特別之處，和我一點關係都沒有。我便望着他，等待他說下去。

孔振源好像不知該從何說起，吞吞吐吐：「他是個 星

相家……他講的話，普通人不容易聽懂，而且……他年紀大，健康狀況差，說話顛來倒去……」

「所以，他只是胡言亂語說要見我？」我說。

孔振源慨嘆道：「我也不知道。他總是吵着要見你，已經有**好幾年**了，我一直**敷衍**着他，因為他看來實在很不正常，要不是他健康狀況愈來愈差，而我今晚又恰好碰到了你……」

「他的身體狀況到了什麼程度？」白素關心地問。

孔振源搖着頭，「醫生估計只能多撐幾天，如今他有一半時間**昏迷不醒**。」

我和白素互望了一眼，深感同情。可是一個**垂死**的星相家，有什麼事要見我呢？真是難以想像。

我並沒有多想，因為很快就可以見到這位垂死的星相家，到時**謎團**自然會解開。

　　車子繼續向前駛，雨小了一點，路上的**積水**在車頭燈的照射下，反映出耀目的光彩。車子轉彎駛上山坡，可以看見一幢**大屋**在山坡上。

　　那是真正的大屋，完全是舊式的，在黑暗中看來，影影綽綽，不知有多大，那些**飛簷**，看上去活像一頭頭**怪鳥**。

## 第二章

# 一個垂死的星相家

「好大的屋子。」我由中地说。

「是先父仿照明代一位宰相徐光啟的府第建造的。」

孔振源很自豪。

車子駛進大屋時，雨已經停了。兩個穿制服的**男僕**慌忙走過來打開車

門，看見濕漉漉的孔振源跨出車子，兩個男僕的眼睛睜得比 鴿蛋 還大。

我和白素跟着孔振源走進屋子大廳，一個**管家**模樣的人急匆匆地走過來，「二老爺……」

孔振源揮了揮手，「去看看大老爺是不是醒着，帶這兩位客人去換一些**乾衣服**，快！」

管家連聲答應，帶着我和白素進了一個 房間 ，又命僕人送來一些衣服，然後恭恭敬敬地退了出去。

我拿起衣服一看，不禁哈哈大笑，以為自己身處**博物館**中。那是一件質地柔軟的*長衫*，還有十分舒適的軟鞋。

19

等到白素穿好了衣服時，我望着她，她看來像是回到了超過半世紀以前，身上那件極精美的長衫，不知道以前是屬於這大宅中哪一位**女眷**的。

我們打開門，孔振源已在門外等着，他也換上了長衫，抱歉道：「對不起，家兄未曾結過婚，我妻子早過世了，這是**舊衣服**。」

白素微笑道：「不要緊，這麼精美的衣服，現在不容易見到。」

孔振源帶着我們前往走廊盡頭的 **大樓梯**。我們本來已經在二樓，如今又走上兩層，到達頂樓，看到管家迎上來說：「大老爺一聽是衛先生來了，精神好得很，才喝了一盅**蔘湯**。」

孔振源點點頭。我注意到，這樓層的結構和下面幾層不同，並沒有長走廊，只見兩扇相當大的門，門上畫了一幅巨大的**太極圖**。

門外還有幾個人，有的穿著長衫，有的穿著西裝，估計是**中醫**和**西醫**，另外還有幾個 **✚護士**模樣

的人。

孔振源走過去，*揚手* 示意他們先不用多說，他急於帶我進去見大老爺。

孔振源推開門，我和白素跟着他走進去。才一進去，我就呆住了。

我從未見過這麼大的一個房間，佔據整個頂層。房內全是一排一排的 **書架**，那些書架不是很高，放滿了 **線裝書**。而房中央是一張很大的牀，躺着一個人。

那人身形高大，仰天躺着，一頭又短又硬的白髮，骨架大而身體瘦，看起來有點 **可怖**。

他雙眼睜得極大，望向上方，我循他的視線往 **天花板** 看去，又吃了一驚。

大牀上方的天花板是一幅 **巨型玻璃**，足有五公尺見方。這時雨勢又開始大起來，*雨點* 灑在玻璃上，

構成十分 **奇特** 的 **圖案**。

毫無疑問，躺在牀上的 **老人**，就是孔振源的哥哥，那個星相家，他這樣佈置 **臥室**，自然是為了方便觀察 **★星象**。

孔振源帶着我和白素來到牀邊，沉聲道：「大哥，衛斯理先生來了。」

牀上的老人緩緩轉過頭來，眼睛轉動了一下，發出*沙啞*的聲音説：「是個小娃子？」

我微笑道：「對孔先生來説，我確實是個小娃子。」

牀上的老人吃力地*掙扎*了一下，孔振源連忙扶他坐起來，把**枕頭**塞在他的背後和頭部。老人又抬頭看天窗，這時除了雨水之外，什麼都看不到。

足足**沉默**了五分鐘，老人連續*咳嗽*了好一會，才緩緩地説：「衛斯理，你仔細聽我説的話……我沒有……時間再講第二遍了！你聽着，一定要**阻止**他們！」

我呆了一呆，老人講得很慢，有着濃重的**四川口音**，我聽得懂他的話，卻不明白他的意思。

老人激動起來，身子**發抖**，吃力地抬起手，想指向什麼，卻力不從心，只是嚷着：「阻止他們！阻止……他們……」

孔振源緊張地握住了他的手，「大哥。」

孔振源叫了幾下，那老人才略為**鎮定**，我趁機問：「對不起，請你説得具體一點，他們是誰？阻止他們幹什麼？」

老人盯着我好一會，突然轉過頭去，望向孔振源，竟罵道：「你……**騙**我！隨便找個小娃子來……説是衛斯

理，你⋯⋯」

孔振源捱了罵，臉漲得**通紅**，也用質疑的眼神望向我。

我又好氣又好笑，忍不住**賭氣**説：「對，我不是衛斯理，我是**冒充**的。」

孔振源大吃一驚，**失聲**道：「你──」

那老人立時説：「當然是冒充的，如果真是衛斯理，我一説他就會明白，不會問那些**蠢問題**？！」

我真有點生氣了，準備轉身就走，孔振源顯得有點**手足無措**，白素立即輕輕拉住我，用道地的四川鄉音對牀上的老人説：「老爺子，他喜歡**開玩笑**，他真是衛斯理，如果你有什麼事要他做，儘管吩咐。」

或許是白素的**聲音**比較動聽，也或許是她的**態度**比較誠懇，人們總是願意聽她，而不聽我的話。

　　這老人也不例外，白素一說，他望了望白素，就接受了解釋，連**精神**也比剛才好得多。他向我望過來，**悶哼**了一聲說：「你知不知道，他們早就在**搞亂**，本來情形還好，可是現在愈來愈**不像**話了。」

　　孔振源告訴過我，他哥哥說話**顛來倒去**，現在我深信不疑。

我向白素望了一眼，她也滿臉疑惑；我向孔振源望去，他在 **苦笑**。

我不敢再問「蠢問題？」，只好假裝明白，點頭附和着：「是啊，太不像話了。」

這倒合了老人的胃口，他長嘆了一聲：「是啊，生靈塗炭！庶民何辜，要受這樣的荼毒！」

我想笑，但又有點不忍。

那老人再嘆了一聲：「有一個 **老朋友**，在世時曾對我説過，該找你談一談。唉，可是託振源去找，一找就找了 **好幾年**，才見到你。」

我立刻 **好奇** 地問：「介紹人是誰？」

「江星月。」老人説。

我怔了一怔，立時肅然起敬。江老師對中國古典文學有極深的造詣，而且 **醫卜星相** 無所不精，尤其對

中國的**玄學**有着過人的見解。

　　我立即認真地說：「江老師是我十分**尊敬**的一個人。」

　　老人高興地笑了起來，「江星月年紀比我**輕**，是我教他看星象的。他學會看星象的那年是十三歲，比我足足遲了十年。」

　　我不禁**嚥**了一下口水，忍不住又問「蠢問題」：「那樣說來，你學會觀察星象時多大？」

　　老人自豪地說：「我**三歲**那年，就已經懂得星象了。」

第三章

# ★星體●★的

# 神秘力量

聽了那老人的話，我不禁咕噥了一句：「比★莫扎特★會作曲還早了一年。」

白素立刻在我背部重重戳了一下，提示我不要亂說話。

這時老人又慨嘆道：「九十年來，我看盡星象變化，眼睜睜地看着萬物任由各路星宿●擺佈，可是現在愈來愈不像話了，總得去阻止他們。」

我實在聽不懂，只好半 **附和** 着問：「是啊，必須阻止。可是⋯⋯該怎麼阻止呢？」

他雙眼瞪得老大，望着天花板上的大玻璃，可是天正在下雨，除了雨水打在玻璃上形成的 **奇怪圖案** 之外，根本 **看不到** 👁 星空。

「至少，得有人告訴他們，換一個 **地方** 去⋯⋯隨便到什麼地方都好，不要再在這可憐的地方⋯⋯戲耍了⋯⋯他們戲耍，我們 **受苦** ⋯⋯」老人斷斷續續講到這裏，突然劇烈地 **咳** 起來。

孔振源緊張地勸道：「大哥，你累了，還是 **改天** 再說吧。」

想不到老人一口答應：「是，今晚來得不是時候，明天⋯⋯不，後天⋯⋯嗯⋯⋯後天 *亥子之交*，衛先生，請你再來。」

我笑了一下，不置可否，「亥子之交」是 **午夜** 🌙 時

分，我實在不太願意半夜三更來聽這種胡言亂語。

孔振源看出我不肯答應，連忙挪動身子 **遮擋** 住我，

不讓哥哥看到我的反應，「大哥，你該睡了。」

老人點了點頭，孔振源又扶着他躺了下來，老人仍然

把眼 **睜** 👁 得很大。

我好奇地問：「老先生，你睡覺的時候，從來不閉上

眼睛？」

老人看來已快睡着了，用 **睡意朦朧** 的聲音答

道：「是，九十年了。睜着眼，才能看。」

「你睡着了，怎麼看？」我問。

「睡着了，可以用 心靈 來看，比醒着看得更

清楚。」

既然用心靈來看，又何須睜眼？老人的話實在有點顛

來倒去。

孔振源匆匆帶我和白素離開房間，好像怕我繼續**追問**下去，打擾老人入睡。

不過他倒是客氣地向我們**致歉**：「真對不起，我說過，他講的話，**普通人**聽不懂。」

我苦笑道：「不止普通人，是根本**沒有人**聽得懂。」

我們被雨淋濕的衣服已經**熨乾**，我們換好衣服後，孔振源親自送我們到門口，靦腆道：「衛先生，希望你**後天**……」

我敷衍着說：「好的，到時我沒有別的事就來。」

孔振源道謝了一聲，然後吩咐司機把我們送回**歌劇院**我們的車子處附近，讓我駕車回家。

在回家途中，我和白素討論着那老人的話，白素說：「他一再用了『**他們**』這個代名詞，我想，那可能是一

種 **神秘** 的力量。他自三歲起就研究星象，所以，這種

神秘力量應該和星象有關。而且他認為這種力量愈來愈過

分，令人受苦，因此一定要阻止。」

我禁不住雙手 **離開** 方向盤，為白素 鼓掌，「厲

害！你是唯一聽懂他說話的人。」

「小心開車！」白素嬌責道。

我笑了笑，雙手立刻抓回**方向盤** 。

「你覺得我的解釋不成立嗎？」白素問。

「成立啊！」我附和道：「有一種來自星空的神秘力量，在影響着 ***地球人*** 。而他寄望我去阻止這種力量。」

「你認真一點想想，如果我的解釋成立，那到底是一種什麼樣的 **神秘力量**？構成了什麼樣的影響？」

我認真地想了一想，説：「若真有這種力量，可能是某些星球上，有着一種科學高度發展的**生物**，運用特殊的科技，***控制***地球人的思想和行動。」

白素皺着眉，「這是三流 科幻 小説中的情節。」

我連忙喊冤抗議：「這個假設明明是你自己提出來的：有一種神秘力量來自 ★★星空★★，影響着地球。」

「可是神秘力量為什麼一定來自具有**高度** 智慧 的

外星生物?」

「不然來自什麼?總不會是其他星球上的一塊

,在影響着我們吧?」

白素 **側着頭** 想了一想,忽然笑了起來:「這句話
有道理。」

　　我不禁呆了一呆，她剛才還否定我的話，怎麼一下子又説我有道理了？女人的  想法 真是飄忽不定。

　　回到家裏的時候，我的手機忽然 響 起，是陳長青打來，他問：「你在哪？」

　　「剛回到家。」我冷淡地回答。

他卻十分**興奮**，「時間剛好，我來看你，等我。」

「喂！等等！什麼時間剛好？現在不是**訪客**的適當時候吧？」

怎料陳長青顯得更興奮：「衛斯理，原來你也在研究。」

「研究什麼？」我感到**莫名其妙**。

陳長青得意地笑了起來：「不過你**學藝未精**，我告訴你，這個時辰訪客**大吉**，對造訪者和被訪者都吉利。」

「你在語無倫次什麼？」

「**星相學**啊！根據星象來推算吉凶，你不妨再仔細算一下，現在應該是……」

我感到**啼笑皆非**，今天淋過雨，此刻只想盡快洗澡，便嘆了一聲：「你來吧。」

沒想到他來得真快，我剛洗完澡，他就到了。

他用十分**擾人**的方式在按着門鈴，我匆匆趕去開門，準

備開玩笑地**一拳**  打向他的肚子，讓他吃點「教訓」。

怎料門一打開，我一拳擊向他的肚子時，竟打在一件 **硬物** 之上。

陳長青得意地笑，掀開上衣，取出他放在腹際的一本**硬皮書**📖。

「哈哈，衛斯理，我早知道你會出此招讓我**吃苦頭**，所

以早有準備。」

　　我有點老羞成怒，「我現在還要重重**踢**你一腳，我就不信你的小腿上也有**護甲**！」

　　但陳長青**一本正經**地說：「你不會的。」

　　「為什麼我不會？」

　　「因為我推算過，現在是訪友的**好時辰**，不會有不愉快的事發生。」

　　我忍不住**笑**了出來，想踢他一腳的怒火也**消失**了。

　　陳長青見我笑了，更是得意，「你看，你無法和整個**宇宙的規律**抗衡。」

　　「什麼宇宙規律？你在**胡說八道**什麼？」我關

上了門，冷淡地轉身走到客廳去。

陳長青嚴肅道：「我的 **新發現**：宇宙之中，有一種規律。這種規律，由宇宙中億萬顆星球運行位置不同而產生，可以影響地球上的一切。例如**月亮**的**盈虧**，就影響到地球上的**潮汐**……」

我們已坐在沙發上，我打了一個**呵欠**，不耐煩地說：「為什麼你們都以為我對星相學很感興趣？雖然我也略知一二，但沒打算大半夜去鑽研這門深奧的**學問**啊！」

陳長青呆呆地望着我，「『你們』？還有誰？」

我解釋道：「今天晚上我才見過一個**垂死**的老人，他向我說了一連串有關**★星象★**，莫名其妙的話。」

陳長青立時現出驚訝的神情問：「那個老人的名字是孔振泉？」

第四章

# 陳長青
# 不為人知
# 的 經歷

雖然孔振源沒提過他的大哥叫什麼名字,但這時陳長青說出「孔振泉」三個字,我隨即 **點了點頭**,「我看是,他的弟弟叫孔振源。」

陳長青 ╲哼╱ 了一聲：「孔振源不是什麼好東西，愛擺**老爺**架子。」

我立即笑道：「你又不是他家的**僕人**，老爺架子再大，也擺不到你的頭上來。」

沒想到我順口説的一句話，卻令陳長青顯得有點**忸怩**和不好意思，他支支吾吾地説：「其實……我真的做過孔家的僕人，專門**伺候**大老爺。」

我感到既驚駭又好笑，瞪大了眼睛指着他，一時之間説不出話來。陳長青的 ✦**家世**✦ 十分好，繼承了 $**巨額** $**遺產**$，一輩子都花不完，他怎麼會跑到孔家當僕人去了？難道像風流才子**唐伯虎**那樣，冒充**書僮**去追求心上人？

「真的，前後一年。」陳長青説。

這時候白素剛洗完澡下來倒水喝，和陳長青打了個

*招呼*。我連忙説：「長青他在孔振源家裏當了一年僕人，快來聽聽他是為什麼，恐怕是為了追求孔家的**女廚子**🧑‍🍳。」

陳長青着急道：「少胡説！你們知道，我對⭐**星相學**📖⭐一向很有興趣，很多人告訴我，真正對星相學有**資格**的，只有一個人，就是孔振泉。」

這時白素已沖了**三杯茶**☕走過來，坐在我的身邊，細聽這椿**奇事**。

陳長青深吸一口氣，繼續説下去：「於是我就設法想向孔振泉請教，可是孔振泉根本不見人，我託了不少人幫忙，也未能如願。直到有一天，我看見一則**招聘僕人**的啟事，指定應聘者要有一定的學識，懂得古代星相學，主要工作是服侍一個相當**難侍候**的老人。我一打聽，果然是孔家在請僕人，於是我就去應徵了。」

我大笑道：「像你這樣的人才，自然是**一拍即合**。」

陳長青聽出我 **話中**帶刺，有點惱怒。而白素卻讚頌他：「這種為了追求學問，鍥而不捨的精神，真令人*敬佩*。」

「謝謝。」陳長青一面向白素道謝，一面狠狠地瞪了我一眼。

他繼續説：「我獲錄取了，成為孔家專門伺候大老爺的僕人，工作頗*清閒*，因為大老爺整天不是看書，就是躺在牀上觀察星象。他的房間裏，關於天文星象方面的**藏書/Ⅲ**極多，而且任我隨意翻閱，每當我有疑問，他甚至還替我解答。我們相處得算是融洽，只有一次，他**大發雷霆**，幾乎將我開除。」

「你做了什麼壞事？」我用質疑的眼神望着他。

陳長青委屈道：「這不能怪我。在他的牀頭，有一個

黑漆描金的 **小櫃子**，緊貼着他的牀……」

聽到這裏，我有點慚愧，因為我沒注意到牀頭有這樣一個櫃子。但白素説：「是的，有這樣一個櫃子，而且用一種十分古老，雙排的 **九子連環鎖** 鎖着，要開啟這種鎖十分麻煩，一定要把鎖上的兩排連環扣全解開來，才能開鎖。」

陳長青漲紅了臉説：「我好奇心重，又喜歡 **難題**，所以一有空，就趁大老爺不察覺的時候，去解那個鎖。」

「為什麼要趁他不察覺的時候進行？他不准你 **碰** 那個櫃子？」

陳長青點了點頭，「我第一次碰那個鎖的時候，就被他嚴厲 **斥責** 過。你知道，他愈禁止，我就愈好奇……」

我當然明白他的感受，因為我也是好奇心極重的人。

「我花了一個月的時間把鎖解開了，打開了那個**櫃門**，誰想到，櫃子內竟放着另一個較小的箱子，外形**一模一樣**，而且同樣有着一把九子連環鎖！正當我懊喪莫名的時候，明明睡着了的那**老傢伙**，卻大喝一聲抓住我的**頭髮**……」

我一想到陳長青當時的狼狽情形，就忍不住大笑起來，連白素也忍不住笑。

「你這樣也沒有被**開**除？」我問。

陳長青搖搖頭，「冷靜下來後，他只是警告我，那櫃子裏的東西**動不得**。」

「你哪裏肯？」

陳長青笑道：「你果然了解我。可是那小箱子上的連環鎖實在太難解了，費盡**心機**也沒有半點進展。而且不到幾個月，孔老頭子的病愈來愈重，孔振源換了一批醫生護士來服侍他，就真的把我解僱了。」

「一年時間也不短，你必然從孔老先生身上**獲益良多**。」白素説。

「對。」陳長青嚴肅起來，清了清喉嚨，發表偉論：「我可以確定，中國傳統上，一切推算的方法，全源自★天

象的變幻，子平神數也好，紫微斗數也好，梅花神數也好，沒有一種不是根據星象的運行聚散來推算的。」

「這也算是新發現？」我冷冷地嘲諷。

陳長青卻依然得意，「連中國最早的一本占算經典作《易經》，也和天上的星象有關。《易經》流傳幾千年，各家有各家的解釋，總是抓不着癢處，唯有依照星象來解釋，才能圓滿。例如什麼叫『群龍無首，吉』呢？這裏的『龍』是什麼意思？」

我聳聳肩說：「我想，『龍』是代表了某一個星座。」

陳長青興奮地拍了一下我的肩頭，「對！把一些星，用想像中的線連結起來，會看似一條龍，當這些星體運行，龍首部分觀察不到時，就是大吉的吉日，一

切占算的方法，全從 ☆星體☆ 運行而來。」

我不禁冷笑，「還以為你有什麼 **新發現**。占星學在古代就已經十分發達，『夜觀天象，見一 ☆將星☆ 下墜，知蜀中當折一名 ☆大將☆ 』這樣類似的記載，在中國古代屢見不鮮。一顆 **流星** 劃過，就斷定地球上某一個人的 **命運**，這樣玄之又玄的説法，古已有之。但問題是，這種推算的方法準確嗎？有什麼理據？」

只見陳長青整個人已 **沉醉** 於星相學中，完全沒理會我的質疑，自説自話：「我相信孔振泉的推算已達到了 **萬無一失** 的境地。你想想，他既然有了這樣的能力，就可以洞察未來，知道 **災難** 會在什麼時候來臨，會在什麼地方發生，當一個人掌握了這種力量之後——」

我立刻接上去説：「會極其 **痛苦**。」

陳長青睜大了眼睛望着我，「為什麼？」

　　「**開心**的事，一早預知了，就沒有驚喜。而**悲慘**的事，提早知道了，就如同**死囚**一天天等待着行刑一樣，不是很**絕望**，很痛苦嗎？」

　　陳長青顯然不認同我的說法，突然站了起來，慷慨激昂地說：「命運最不可抗衡的地方，在於它的**不可測**。但如果我們可以**事先預知**，又知道影響命運的根源是什麼的話，為什麼不從根本上着手，去改變命運？」

## 第五章

神機 妙算

「你想和命運抗衡？」我和白素凝視着陳長青，不禁有點**欽佩**。

陳長青擺出**嚴肅**的姿態説：「我們先要確定一點，占星學也分為兩派，一派認為，地球上將有什麼**大事**發生，所以在星象上**預示**了出來。」

我「嗯」了一聲：「就好像**地震**將要發生，我們能從一些動物的異常行為預早得到**警報**。但地震當然不是這些動物所引起的。」

陳長青點點頭，繼續説：「而另一派則剛好相反，認為是★星象的運行 ，影響到地球發生**大事**。」

這次白素接上去説：「就好像天上有**烏雲** ，所以會**下雨** 。這場雨是烏雲直接造成的。」

「沒錯。」陳長青説：「如果是前者，我們當然不能透過改變那些動物的異常行為，去阻止地震發生。但若是後者，烏雲就是**根源**，我們只要想辦法阻止烏雲形成，或者把烏雲吹散，雨就不會下了。」

「所以你相信**後者**的學説？」我問。

陳長青點了點頭，「譬如説，『熒惑大明，主大旱』，那麼只要使它的**光度**減弱──」

不等陳長青講完，我已忍不住怪叫起來：「你在胡説八道些什麼？熒惑是指**火星** ，你知道嗎？」

陳長青翻着眼：「當然知道，這還用你説？」

「好，當火星因為某種原因，光度忽然**增強**，就是星象上的『熒惑大明』，有這樣的★天象●，地球上就會出現**大旱**。」

「對，你何必一再重複？」

我深吸了一口氣，「而你**消災**的方法就是去把火星的光度回復**正常**？」

陳長青流露出一副**不屑**的神情，「總算使你明白了。」

我忍住了怒意，也忍住了笑，「那請問陳先生，你用什麼**方法**去使火星的光度暗下來？」

陳長青又翻着眼：「那我不管，我只是提出一個理論，至於怎麼去做，那不是我的事。或許射一枚**火箭**去火星，嘗試改變火星的**大氣層**成分，或者在火星**地殼**表面塗一層什麼物料……總之，只要令火星的光度減弱，那麼它導致的地球大旱災害就會消除！」

「哈哈……」我實在忍不住大笑，「我還有一個更簡單的方法，就是給所有星相學家戴上一副👓太陽眼鏡，他們看到火星的光度弱了，大旱災就可以避免，風調雨順，國泰民安。」

「你——」陳長青氣上心頭，「哼！跟你討論也是浪費時間，下次你再去見孔振泉的時候，記得叫上我！」

他說完就轉身離開，白素送他到門口，然後回來瞪了我一眼。我呼冤道：「他說的不是廢話嗎？」

「至少他提出了一個理論。」白素說。

我笑道：「永遠無法實行的理論，就是廢話。」

白素不想和我爭論，伸了一個懶腰就去睡。

接著一連兩天都下大雨，天氣極差，雨勢相當大，一直到晚上十一點，還沒有停止的意思。就在那時候，

　　📞**電話**來了，是孔振源打來的，他說：「衛先生，家兄叫我提醒你，今晚午夜，他和你**有約**。」

　　我望着窗外，雨勢大得驚人，便說：「孔老先生是約我觀★**星象**的，不過看來非改期不可了，府上附近應該也下着**大雨**吧？」

　　怎料孔振源回答道：「雨很快會停，午夜時分，就可以看到★★**明淨的星空**★★。」

　　我怔了一怔，「**天文台**不是這麼說啊。」

　　「天文台？」孔振源笑了一下，「多年來，我只信家兄的★**天文**預測。」

　　我不想和他爭論，便說：「好，到時雨停的話，我就

準時到。」

我放下了電話，看着窗外那**駭人**的雨勢，對白素說：「我就看那老頭子有什麼本事，能令雨停下，好讓他夜觀天象！」

白素笑了一下，「你倒果為因了，是由於天會**清明**，所以他才約我們那個時候去觀星象。」

我發現白素也和陳長青一樣 **走火入魔** 了，居然完全相信孔振泉的話。

一直到了十一點半，雨還是一樣大。我打了一個**呵欠**，心想可以不必到孔家去了，可是我看到白素在作出門的準備，我**取笑**她白費心機之際，她忽然平靜地說：「雨好像**停**了。」

我呆了一呆，跑到陽台前，發現不但雨停了，連天上的**烏雲**也迅速散去，轉眼間，夜空一片清朗澄澈，

**星月皎潔**，有如看魔術表演一樣。

我說過雨停了就準時**赴約**，不想食言，於是急忙換衣服出發，而白素亦通知了陳長青。

我開車到達孔宅大門，孔振源出來迎接：「真準時，

家兄在等着。」

說着，陳長青也來到了，孔振源怔了一怔，我解釋道：「這位陳先生你也認識，是我的 **好朋友**，對星相學很有研究，令兄一定會喜歡見他。」

孔振源沒有説什麼，立刻就帶我們去見孔振泉。

我們走進孔振泉那間寬大得異乎尋常的 **臥室**，我先向牀頭看了一眼，果然有一個黑漆描金櫃子。

然後我發現孔老頭子的 **精神** 極好，半躺在牀上，抬頭透過天窗望着星空，連看也沒看我們，就説：「有 **故人** 來，真好，長青，好久不見了。」

陳長青 **欽佩** 萬分，「大老爺，你都 **觀察** 出來了。」

孔老頭指着上空：「天市垣貫索近天紀，主有客來，而且是不速之 **熟客**，除了你之外，當然不會有別人。」

　　我抬頭望向 **天窗** ，只知道貫索、天紀全是星的名字，可是卻不知道怎麼去看。

　　這時孔老頭子緊張道：「快子時了，衛斯理，你快過來，我指給你看。」

　　他一面説，一面向我招着手，我們三人都一起走上前，抬頭看去。

我順口問：「老先生，剛才你說什麼天市垣貫索近天紀，它們在哪裏？」

孔振泉揮着手，「那是兩顆很**小**的星，普通人看不見。」

我有點不服氣：「為什麼你能看到，別人卻看不見？你又不是用**望遠鏡**。」

孔振泉顯得**不耐煩**，「我當然看到。我告訴你，那些星星要讓我看到，讓我感到它們的變化。總要有人知道它們想幹什麼的，是不是？這個人就是**我**。」

我愈聽愈糊塗，他卻斥喝道：「看着**天**，別看我！」

我們呆望着天空，足足看了幾分鐘，不知道孔老頭子要我們看什麼，我終於忍不住問：「老先生，你──」

我只講了半句，孔振泉突然驚呼一聲，提起劇烈地發着抖的手，聲音也在發顫：「**看**！快出現了，快出現了！」

　　我和陳長青都手足無措，滿天都是 ★星★，看來一點異樣也沒有，真不知他要我們看什麼。可是聽他的語氣，好像機會稍縱即逝，一下子錯過了，就再也看不到他要我們看的異象。

　　還是白素夠鎮定，問：「老爺子，你要我們看哪一部分？」

　　孔振泉喘着氣道：「**青龍！青龍！**你們快看！」

　　他整個人都在 發抖，孔振源過來幫他搓胸口，卻被他一下子推開。

　　由於氣氛緊張，使我一時之間理解不到孔振泉要我看哪一個部分。幸好白素冷靜地提示：「✦*東方七宿*✦。」

　　我這才如夢初醒，「＼啊／」了一聲，立時向**東方**望去。

## 第六章

中國古代的天文學家，把能觀察到的 ✦星座✦ 分為 二

十八宿 ，每七宿組成一種 動物 的形象，例如把 東方

的若干星，想像成一條龍，稱為青龍。四象之中的另外三

組分別是朱雀、白虎、玄武。

　　青龍，就是東方七宿：角宿、亢宿、氐宿、房宿、心

宿、尾宿、箕宿，加起來，肉眼可見 的星星，有三十餘

顆，包括了現代天文學上劃分的處女座、天蠍座、天秤

座、人馬座中的許多星星，排列在 ★★浩瀚星空★★ 的

東南方。

一經白素提醒，我的視線立即專注在東方七宿的那些星星上。我找到了角宿中最 **高** 的一顆星，那是象形中「青龍」的 龍頭 部分，這顆星，古代天文學家稱之為角宿一，但在近代天文學上，它屬於處女座，是一顆亮度 **一等** 的一等星，編號是「一」。

我找到了那顆星，沒發現什麼 **異象**，便繼續去找亢宿、氐宿的那些星星，卻忽然聽到孔振源在 **大叫**：「醫生，快來！」

原來孔振源看到他大哥此刻的神情十分可怕，雙手揮舞，額上 **青筋暴綻**，雙眼直盯着星空，**汗珠** 淌滿一臉。

可是當醫生護士走進來時，孔振泉卻突然用極 **淒厲** 的聲音吼叫：「閒雜人等統統 **滾** 出去！衛斯理，我要你看，你快看！」

他指向星空，手在 **發抖**。我望向「青龍」的位置，然後又望了一眼白素和陳長青，從他們的 **神情**，我知道他們也察覺不到星空中有什麼異象。

可是孔振泉愈來愈激動，**淒厲** 地叫：「快看！箕宿四！箕宿四！」

我連忙又去尋找箕宿四，那是人馬座的 **第七號星**，人馬座的瀰漫星雲M8，是肉眼可見的星雲，而箕宿四就在附近，要找起來並不困難，可是雖然找到了，卻依然看不出半點異樣。陳長青禁不住開口問：「老爺，箕宿四怎麼了？」

「芒！看它的 **星芒**！直射東方，尾宿七又有芒與之呼應……」

孔振泉講到這裏，竟突然 **一躍而起**，站在牀上，嚇了我們一大跳。

他的弟弟更驚叫了一聲：「大哥！」慌忙撲了上去，緊抱住老頭子的**雙腿**，好讓他站穩。

孔振泉一直抬頭望着天空，不斷**喘氣**，神情怪異到極，舉起雙手，掌心向上，一副十分**用力**的神情，好像天要壓下來，他正盡力用雙手托住一樣。

「你們看到了沒有？東方七宿，每一宿之中，都有一**顆星**在射着星芒。」孔振泉咬牙切齒地説。

但陳長青、白素和我都**呆若木雞**，不論怎樣細心觀察，也看不到他所講的星芒。

孔振泉卻還在叫着：「看！**七股星芒**！糟了，果然不出我所料，七色星芒聯成一氣的**日子**已來到，不得了，不得了，**大災大難**……」

這時孔振源被他大哥的怪異行為嚇得要**哭**了，「大哥，你先躺下來再説，大哥……」

只見孔振泉雙手依然**吃力**地向上頂着，並嚷叫：「別讓他們進行！別……讓他們進行……」

「他們是誰？他們想幹什麼？」我着急地問。

老人家的聲音變得十分**嘶啞**：「他們想**降災**，在東方降災……這個災難……衛斯理你一定要去**阻止**他們……三次……有史以來……只出現過三次七星聯芒，這是第三次了，衛斯理，你一定要去阻止他們……」

講到這裏，老人家的**聲音**戛然而止，剎那間，房

間裏靜得出奇。

我有一種**不祥**的預感，戰戰兢兢地把目光移到孔振泉的臉容上，只見他雙眼睜得極大，口半張着，仍然維持住那樣的姿勢，雙手撐天，卻**一動**也**不動**。

我一看這個情況就知道：孔振泉**死**了。可是，孔振源還不知道，仍然緊抱着哥哥的雙腿。我**嘆**了一口氣，拍了拍孔振源的肩頭説：「扶他**躺下來**吧，他已經走了。」

孔振源一聽到我這樣説，猛然一震，鬆開了**雙臂**，孔振泉便軟倒下來，雙眼仍然睜得極大，卻完全失去**神采**。

孔振源受到了極大的**打擊**，一副不知所措的樣子，而醫護人員已飛奔過來為孔振泉**搶救**。

我安慰孔振源：「孔先生，節哀順變。」

但他立時情緒失控，指着我呼喝道：「**出去**！你走！我真不該讓你來見我大哥！你們快走！」他說着已經**悲哭**起來。

我體諒他的情緒，自然不會怪他，而白素亦拉了一下我的**衣袖**，示意這個時候最好什麼都不要説，讓孔家上下慢慢**冷靜**下來。

我、白素和陳長青互相交換了一個 **眼神** ，便一起悄悄離開。

陳長青先開車走，我和白素跟在後面。我一面 **駕駛**，一面和白素聊天討論，忽然看見陳長青的車子停了在路上，害得我急忙 **煞車**。

只見陳長青已站在路邊的一塊 **大石** 上，抬頭向天，雙手高舉，手掌翻向天，直挺挺地站着，就是孔振泉臨死前的 **怪姿勢**。他還 **模仿** 着孔振泉大聲叫：「別讓他們進行！別讓他們進行！」

我和白素連忙下了車，我走到陳長青的面前 **罵** 道：「陳長青，你在搞什麼鬼？」

陳長青仍然維持着那個怪姿勢，「我在 **試驗**，孔振泉是不是因為泄漏了 **天機**，所以被一種 **神秘力量** 殺死。如果真是這樣的話，那麼，現在我應該也可以感覺到

這種力量。」

　　陳長青這個試驗實在令人**啼笑皆非**，我忍不住嘲笑道：「我勸你還是快停止吧，如果試驗成功，你豈不是會被來自東方七宿的神秘力量**殺死**？」

　　陳長青卻對自己充滿信心，「不怕，當我一感覺到那種力量，我就會及時**停止**，可是我現在一點**力量**

也感覺不到。」

「那就表示根本沒有什麼神秘力量。還有 **七星聯芒**，我們所有人都看不到，只有孔振泉看到，那表示什麼？」我問。

「表示我們 **道行** 不夠。」

「錯！表示那一切都是他自己的 **幻覺** 而已。」

陳長青卻不以為然，激憤道：「孔振泉觀察星象，看出了將有大災降臨，不惜 *泄露天機* 告訴我們。枉他還那麼相信你，認為你可以阻擋這個 **災禍**，沒想到你卻連他講的話都不相信。他真是 **枉死** 了！」

我連忙 **糾正** 他：「你別胡說！醫生本來就估計他撐不了幾天，他的死根本和什麼神秘力量 **無關**。」

陳長青突然嘆了一聲，語氣變得 溫和：「衛斯理，我有什麼事求過你沒有？」

「太多了。」我理直氣壯地説。

陳長青 **尷尬** 了一下，然後又着急道：「是，我求過你很多事，可是這次不同，不只為了我。」

一聽他這樣説，我心裏立刻浮起一種不祥的 *預感*。

只見他堆起笑臉，以懇切的 **眼神**  望着我，「衛斯理——」

不等他說下去，我已立即斬釘截鐵道：「別叫我和你一樣，用這種 **怪姿勢** 來做試驗！」

## 第七章

# 感應

我早料到陳長青要我幹什麼，拒絕在先。他無奈地嘆了一聲，**語重心長**地說：「衛斯理，你應該相信，宇宙中有那麼多巨大的 ★**星體** ，它們必定散發着某些獨特的 **能量**；而地球上總會有某些人，對這種能量有特別敏銳的感應，因此受到那些星體的影響。」

我知道陳長青在嘗試用 **科學** 來說服我，但無論他怎麼說，我也不會在 **公眾地方** 做出孔振泉那個怪誕無倫的動作和說話。

只是沒想到，白素居然 **附和** 他：「一個受了某星

體獨特影響的人，在古代，或在星相學上，就稱之為某某

星宿 下凡。」

陳長青遇到 知音 ，大是高興，「對啊，一個受了星

體能量影響，文才特別好的人，會被稱為 文曲星 下

凡；作惡多端的人，就是 惡星 下凡。所以我認為，

世上那些天才、大人物、奇人異士，甚至大壞蛋，其實都

是受到不同星體的影響。」

我不禁佩服陳長青豐富的 想像力 ，他還狡獪地

對我説：「衛斯理，你不是一個平常人，你是 奇才 ，

是大人物，我想你一定是受了天體之中某一顆星的影響。」

一聽他這樣誇我，我就感到不妙，連忙 制止 他，

「夠了，不用再説。」

但他哪會肯停，終於把他的「 陰謀 」説了出來：

「我用這樣的 **姿勢**，講這樣的話，一點 **感應** 也沒有。但你不同，孔振泉指定要你去對付這個星相異象，一定是他知道你是 **某某星** **下凡**。如果由你來做，或許能感應到什麼呢！」

我堅決拒絕：「謝謝你看得起我，可是我不認為自己是什麼星下凡，我只是個普通人，孔振泉叫我看的 **異象**，我完全看不到。」

陳長青也很沮喪，「老實說，我也沒看到什麼異象，可是孔振泉形容，東方七宿中，有 **七色星芒** 聯成一氣。」

「他還說過，他睡覺時也睜着眼，這樣可以由 **心靈** 感應到星象。」

我這樣說，意思是孔振泉的話不可信，不能當真。

怎料陳長青拍了一下 **大腿** 説：「是啊！如果星體對人的影響，來自一種神秘的 **放射能**，那麼，用心靈來感應，或許比用眼來觀察更有效。剛才在屋子裏，你看不到異象，可能是因為你不夠 **用心**。」

我忍不住怪叫：「你不但要我做那個怪誕動作，還要我用心地做？」

誰想到白素也突然 **幫腔**：「其實試一下也沒有什麼 **損失**。」

我立時瞪大了眼睛，「你要我像他一樣 **發神經**？」

白素低嘆了一聲：「我只是覺得，萬一孔振泉的話是真的，世界將有一大 **災難** 降臨，而你就是能阻止這場災難的人，卻因為動作太怪誕而 **避開** 這個責任，任由災難發生，這樣有點説不過去。」

「素，你這樣做是謀殺 **親夫** 啊！」我哭喪着臉説：「你沒聽到陳長青怎麼説嗎？他説孔振泉是因為泄露 **天機** 而死的。萬一

我做了那個姿勢，説了那句話，真有什麼感應的話，豈不是輪到我泄露天機而死？怎麼可能沒有 **損失** 啊！」

「但你不是説，孔振泉的**死**與泄露天機無關，醫**生**早已判定他撐不了多少天嗎？」陳長青説。

我立刻反駁：「那是假設孔振泉的星相學説**不可信**。但如果孔振泉的話是真的，那麼我也會跟他一樣，**一命嗚呼**！」

「不會的。」白素説。

「為什麼？」我問。

白素解釋道：「既然孔振泉堅持叫你去阻止災難發生，那表示他知道你有**特殊**的能力，不會那麼容易死掉。」

該死的陳長青居然用**激將法**説：「算了！這個人寧願顧全面子，也不肯為世人**消災解難**！」

而更該死的是，他的激將法奏效了，他的話使我頓時感到**慚愧**。

再加上白素溫柔地説：
「這裏沒有人，我們兩個又不
會笑你，怕什麼？」

我實在不好拒絕了，只
好深吸一口氣，跨上了
大石，學着陳長青那樣，雙手
撐天，瞪大眼睛望着星
空，然後喊叫：「別讓他
們進行，別讓他們進行。」

這時要是有什麼人經過，看到了我的舉動，不通知
神經病院來把我接回去才怪。

我沒感應到什麼，但陳長青竟如教練一樣督導
着：「用心一點，再來。」

反正我已**騎虎難下**，我便忍辱負重地，集中精神，把那個動作和説話再 重複 了兩三遍，心想他倆應該滿足了吧，正準備跳下那塊大石之際，我卻 呆 住了。

因為我看到近南方的 ★星空★ ，也就是東方七宿所在處，有幾顆星星突然發出了異樣的光芒。

七股光芒**顏色**不同，細長如**蛛絲**，射向同一個**交匯點**上。

　　那交匯點是黑暗的星空，看不出有什麼星星。然而，就在星芒交匯的一剎那，交匯點上迸出了一個猩紅色的星花，有如一滴**鮮血**，但轉眼就連同那七股星芒一起*消失*了。

　　這一切發生的時間，其實只在*半秒*之內，但留在我腦海的印象卻十分深刻。

　　星芒消失後，我第一時間望向陳長青，只見他還是*傻瓜*一樣地仰着頭，從他的神情可以看出，剛才他並沒有察覺到什麼異象。

　　我不禁**懷疑**自己是否真的看到異象了？為什麼只有我一個人看到？難道我真的有**特異能力**？還是那只不過是我的*幻覺*？

這時白素 **急切** 地問：「你看到了什麼？」

我怔了一怔，「沒有，沒有看到什麼。」

我回答的時候，連看也不敢看白素，迅速對陳長青說：「陳長青！**試驗** 做完了，走吧！」

陳長青極失望，嘆了一聲，**喃喃** 道：「真沒有道理，孔振泉的話，我相信是真的，我跟了他一年，他觀察星象所作出的 *預言*，無一不準⋯⋯」

他一直在喃喃自語，說孔振泉曾準確預測到有大人物 **遇刺**，哪年爆發 **疫病**，哪個地區發生 **大地震** 等等。

我不以為意，因為那些事件在不同年份發生，陳長青肯定不是親眼目睹孔振泉的預測，估計全都是孔振泉在他面前自吹自擂的 **馬後炮** 而已。

「我們保持聯絡，誰有了發現，就先通知對方，嗯？」

陳長青上車前對我說。

　　我答應了一聲，然後我們便各自開車回家。

　　白素在回家的途中問：「你看到了什麼？」

　　我果然瞞不過她，只好嘆了一聲，「事情太**怪異**了，

先讓我定下神來，回到家裏再告訴你。」

車子到達家門口時，我們竟看到孔振源那輛 **黑色大房車** 停在門外，穿著制服的司機在車上等候着。

「孔振源？不會吧，他大哥才死，怎麼會到我這裏來？」我和白素都 **大惑不解** ，連忙下車，急步來到門口，還沒開門，就聽到老蔡的聲音傳了出來：「我不知道衛先生什麼時候回來，你能等就等，等不了就帶着那 **箱子** 走。」

我匆匆 **開門** 進去，「我回來了。」

一進客廳，果然看到孔振源在跟老蔡 **爭論** ，我禁不住驚訝地問：「孔先生，這個時候……你怎麼會來這裏？」

孔振源指着放在地上的一口 **黑漆描金箱子** ，氣呼呼道：「家兄遺命，要我把這箱子親手交給你，不能 **假手於人** ，現在送到，我告辭了。」

## 第八章

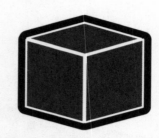

# 黑漆描金的箱子

我看到那口箱子，認出就是放在孔振泉牀頭的那一口，上面的 **九 子 連 環 鎖** 也還在。但我有許多地方想不通，當下就問：「你說是孔老先生的 **遺命**，可是他剛才……」

孔振源重重地嘆了一口氣，「是他早兩天，也就是第一次見過你之後，**口頭** 上囑咐我的。他說，將來他死了，我一定要盡快把這個箱子 *親手* 交到你手上，一刻也不能

耽擱，以免**誤事**。」

　　說到這裏，孔振源悲從中來，忍不住流下**男兒淚**，「那時我還不覺，現在想來，他當時可能已經預料到今天會……」孔振源**傷心**得説不下去。

　　看到他這個情緒狀況，我心中再多**疑惑**，也不好意思一一細問，就只問一句：「這箱子裏，有什麼**東西**？」

　　孔振源**搖着頭**，「我也不知

道，既然他遺命是送給你，不管裏面是什麼，都是你的了，你可**全權處理**。」

他說完就**黯然**離開了。

我和白素站在箱子前，那是一口十分美麗的■**古老箱子**。黑漆歷久而依然**錚亮**，描金的花紋顏色鮮明，相當別緻。

「這箱子到底收藏了什麼，令孔老先生如此**緊張**？」白素疑惑道。

「打開來一看就知道了。」

我一面說，一面抓住了鎖。這種雙排九子連環鎖的構造十分**複雜**，要打開它，必須把全部**十八個銅環**先解開來，非常費時。

而我已知道，陳長青曾打開過它，裏面是另一個較小的箱子，也鎖着一柄較小的**九子連環鎖**。

我留意到箱子的鎖扣並不是太結實，便決定用最直接的方法，連鎖帶扣，一下子**拉**下來算了。

白素還來不及**勸止**，我已經用力一拉，將**鎖扣**🔒

連同九子連環鎖，一起拉了下來，打開 **箱子蓋**，果然如

陳長青所言，裏面是一口較小的箱子，形狀和花紋都一模

一樣，同樣有着一把九子連環鎖，只是**小**了一號。

我把那較小的箱子提了出來，不是很**重**，然後，依

樣畫**葫蘆**🍐，連鎖帶扣一起拉掉，再打開**箱蓋**，看到

裏面又是一口箱子，一模一樣，不過又**小**了一號。

我悶哼了一聲，「老頭子喜歡**開玩笑**，東西再重

要，也不能這樣收藏，這樣一點用處也沒有，人家只要把

整個 ⬛**箱子** 抬走就行了。」

白素沒有說什麼，於是我又把那箱子提了出來，連鎖

帶扣拔掉，打開箱蓋，這樣的動作，一共重複了**七**次。

也就是說，箱子之中還是箱子，一共有八個，一個比

一個小，到了第八個，已經不能稱為箱子了。

那是一個約有四十公分長的盒子，花紋圖案與其他箱子一模一樣。而最**精妙**的，是那九子連環鎖已經細小到不能徒手去解開，非用到**鑷子**不可。

我怕將鎖拉壞，所以取出了一柄小刀，撬着鎖扣，不用多久，便把鎖扣撬了下來。

我**急不及待**打開盒子，看到裏面的情況，我和白素不禁同時**驚呼**了一聲，不是因為盒子裏藏着什麼奇怪的東西，而是盒子裏根本什麼也沒有，是**空**的！

我一時之間還不相信自己的眼睛，伸手進去**摸**了好幾遍，檢查每一處是否藏着機關，但結果依然一樣，什麼也沒有。

這時我實在**老羞成怒**，「孔老頭子在開玩笑嗎？裏面什麼也沒有，卻把一個個箱子如此**嚴密**地鎖起來！

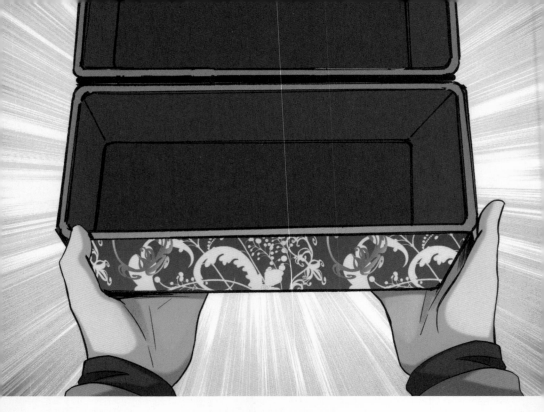

還好我沒有認真地將每個鎖解開，不然最後發現盒子是空的，我必定會 *瘋掉*！」

白素也呆着，出不了聲，過了一會才說：「其實也不能說箱子是空的。」

「有什麼？」我問。

「有  箱子。」

「是啊，箱子裏有箱子！」我氣惱地説着，將那些箱子逐一照原樣**扔回去**，最後，把八把鎖也拋進箱子裏，蓋上**蓋子**，「你説得對，箱子裏有很多東西，現在裏面一共有**七**個箱子和**八**把鎖！」

白素想了一想，遲疑道：「或許是你**開箱子**的方式不對？」

我實在哭笑不得，「空箱子就是空箱子，管我用什麼方法打開它，也不可能憑空變出東西來，我又不是**魔術師**。孔老頭子一定是活得太久了，沒事拿人來**消遣**，無聊到極！」

「這樣説不太公平吧，剛才在路邊，你明明看到了什麼。」白素説。

我怔了一怔，有點**迷惘**，「或許因為我受了孔老頭的話影響，所以才有**幻覺**。」

「那先把你的幻覺描述一下吧。」

我就將當時看到的**情形**，描述了一遍。白素靜靜地聽着，聽完之後說：「**真奇怪**，你說的情形，和孔老頭子的話一樣。」

「是啊，所以我懷疑是受了他的影響，產生幻覺。」

「把你看到的**位置**，指給我看。」白素拉着我上書房，將一幅相當大的星空圖攤了開來。

由於印象深刻，我能指出有**星芒**射出的七顆星，而七股星芒的交匯點就在處女座的八號和十二號星之間，那是東方七宿之中，角宿的**平道星官**，兩星之間，並沒有肉眼可見的星星。

如果把整個東方七宿的星，用**線**聯結起來，想像成一條龍的話，那麼，七股星芒的匯合點，就位於龍頭，剛好在龍的**嘴部**。

「那真是幻覺嗎？」白素問，這也是我自己心中的**疑問**。

但這時已快到**凌晨**四點，我們的腦袋已經運作不了，我便說：「先睡吧。」

第二天早上，我起牀第一件事就是和一個朋友聯絡。

這個人我不是很熟，只見過一次，在一個 *偶然* 的機會之中，談起 ★*外星生物*★  時，他和我交談過幾句，他是天文學家，在比利時的國家天文台做研究工作。

**比利時** ▮ 的時間，比我居住的城市慢七小時，

我這裏是早上八時，他那邊是凌晨一時，但對天文學家來說，這是觀察星象的**最佳**時間。

我好不容易找到了他的 電話號碼，接通過去，「你好，殷達先生嗎？我是衛斯理，記得嗎？大約三年前，我們曾見過一次，你告訴我，用望遠鏡去看星星，就

像在一公里之外觀察一個**美女**而想去了解她一樣。」

對方**低沉**的聲音笑了起來，「是，我記起來了，當時你回答說，就算把一個美女娶回來做妻子，也無法了解她。」

「是啊，當時你聽了我的話，十分**沮喪**地說：『照你這種說法，天文學沒有存在價值了，就算可以登上★**星體**✦，也無法了解它。』」

殷達笑道：「正是，人類在**地球**上住了幾萬年，對地球又知道多少？連自己居住的星球都不能了解，何況是**別的星球**●。」

他說到這裏，停了一停，問道：「朋友，我能為你做什麼？」

我猶豫了一下說：「事情相當怪異，昨天晚上，我觀察星象的時候，發現了一個十分**奇特**的現象。」

# 第九章

# 天文台的記錄

　　殷達聽了我的話，笑道：「怎麼，發現了一顆 **新星**？這是業餘星象觀察者的 **夢想**。請告訴我它的位置，我替你查一下。」

　　「不是。其實昨天晚上我觀察到的異象，是在處女座、天蠍座、天秤座、人馬座之中，一共有七顆星，各有一股**極細的**星**芒**射向東方，在處女座八號和十二號

星之間交匯，呈現了**鮮紅色**的一點。這一切全是一剎間
的事，不知道你們是否有記錄，而以你的觀點，怎樣解釋
這種異象？」

殷達聽了之後，有點**疑惑**，「你使用的是什麼設
備？」

「什麼也沒有，就用肉眼觀察。」

「朋友，我記得你告訴過我，你經常寫一些**幻想小
說**？」

我有點啼笑皆非，忙道：「不是我的幻想，在我看到
之前十來分鐘，另外一個人也**看**到了。只是——唉，
我不知道該怎麼說。」

孔振泉的那些**怪異 言行**，連我這個東方人也未能
完全理解，叫我怎麼向殷達講解呢。我只是説：「我想確
定那是不是幻覺，昨晚那些星座中的星，是否有過**異常**的

活動。」

「嗯，我得回去查記錄。但這樣 **明顯** 的星體變動，天文台不可能沒有收到大量 **民眾** 的報告。」

「我明白，但還是拜託你替我去查一查。」

殷達 **爽快** 地答應，說查完之後會聯絡我。

在等待殷達回覆的期間，我留意到白素一大早就不見了，不知道去了哪裏，於是 打電話 去問她，她竟說：「我在 家🏠。」

我立即笑道：「你把我當傻瓜嗎？我就在家裏，怎麼沒看見你？我連 **衣櫃** ▯▯ 裏都找過了。」

當然，我其實並沒有找過衣櫃，白素怎麼可能會躲在衣櫃裏呢。

「我在 **地下室** 有點事要做啊，傻瓜。」白素說。

我頓時感到尷尬，怎麼沒想起還有地下室呢。

「你在地下室幹什麼？」我好奇地問。

白素笑道：「我正在做傻瓜很難理解的事，若沒有緊要事，請別**打擾**我。」

我只好自嘲說：「好的，傻瓜也有自己的事要辦。」

我掛掉電話後，又攤開了那幅 **★★星空圖★★** ，拿起鉛筆，把我看到那七股星芒匯集的現象直接畫出來。

這時候，**門◎鈴** 忽然響起，老蔡一開門，我就聽到陳長青的聲音在叫：「衛斯理，有一樁**怪事**。」

我嘆了一聲，喊道：「上來說。」

陳長青直奔進書房來，一臉**興奮**的神色，「你猜我

116

昨晚回去之後，做了些什麼？」

我冷冷地說：「別浪費時間了，自己說吧。」

陳長青依然 **興高采烈**，「我一回去就打電話，一共和世界上八十六家著名的天文台聯絡過。」

我心中大感慚愧，他所做的事和我一樣，但比我早了一步，而且 **積極** 程度是我的八十六倍，因為我只聯絡了殷達博士一個人而已。

「結果怎麼樣？」我問。

陳長青取出了一本 **小本子**，翻着說：「三十七家天文台說無可奉告。四十四家說沒有異象。只有五家天文台，全是最具規模的，表示在某個極 **短暫** 的時間，處女座、天蠍座、人馬座和天秤座的星體，曾在光譜儀上有過 **不尋常** 的記錄，但無法查究原因。」

我深深吸了一口氣，陳長青提高了聲音：「衛斯理，

那些星座中的星，正是中國 **古天文學** 上的東方七宿，那表示，孔老頭子看到的青龍七星聯芒異象，的確曾發生過！」

　　但他又疑惑道：「不過，五家天文台所記錄的時間有出入，**相差**了十多分鐘，有兩家早了，有兩家遲了，而餘下一家則是兩個時間都錄到了**異常**。」

　　聽他這麼說，證明我看到的並非幻覺，這時我才**坦白**告訴他：「很對不起，昨天由於我自己也弄不清楚是怎麼一回事，所以有一件事沒有告訴你。」

　　陳長青立時**睜**大了眼，我將昨晚看到的情形告訴他，並把我在星空圖上所畫的，展示給他看。

　　最後我指住那七股**星芒**的交匯點，問他：「你對這個交匯點，有什麼看法？」

　　只見陳長青眉心打着結，苦苦**思索**着，突然說：「看，這個交匯點，恰好在青龍的**口**前。」

　　我點頭：「是，我昨晚已經發現，但這說明什麼？」

　　陳長青用力**搔**着頭，「我不知道，但孔振泉說這種七星聯芒的現象，以前曾出現過**兩**次，我們可以去查所有的書，把那兩次的時間查出來，看看究竟是什麼**災禍**，將會是很好的**參考**。」

我大表贊成，「這個方法好，而且我們不必到別的地方，就在孔振泉的 藏書 中去找好了，我相信全世界再也沒有第二個地方，有比他那裏更 豐富 的中國天文學書籍。」

「對！」陳長青大力點頭。

這時候，殷達的電話來了，我示意陳長青一起細心聽 👂，於是開啟了手機的 擴音器。

殷達一聽到我的聲音，就急急地説：「衛斯理，你剛才對我説，你是肉眼看到那七顆星有 異常 的光芒？」

「是，你們天文台的 儀器，記錄到了麼？」

「你 不可能 看到的。」

「先別管我能不能看到，請你告訴我有沒有發生過變化。」

「我們最新裝置的光譜探測儀，的確有近似的記錄，

有七顆星，曾有 光譜 上的變異，那七顆星是 ♍ 處女座 的……」

　　他一連串念出了那七顆星的名字來，他每念一顆，陳長青就在星空圖上畫一個 記號，有五顆正是我早已作了記號的，而有二顆則位置有一點 差 異。那不足為奇，畢竟那是一刹間的 印象，我能記住大概的位置，已算很不錯了。

　　等他講完，我說：「是，就是這七顆，在處女座八號和十二號之間，有什麼發現？」

　　「最 奇怪 就在這裏，那位置原來有一顆七等星，從記錄中看到，它的光度在極短時間內，忽然提高到三等，這種現象，有可能是星體突然發生 爆炸，但它又在極短的時間內回復了 原狀，像什麼事也未曾發生過一樣。」

　　「那表示什麼？」我急忙問。

121

殷達嘆了一聲：「處女座離地球那麼遠，誰知道在那裏發生了什麼事。我唯一可以肯定的是，這次 **光譜儀** 所記錄到的異象，決不是任何人單憑肉眼所能看到的。」

如果我引用孔振泉的説法，説我是用 **心靈** 去看的，殷達肯定會把我當 **瘋子**，所以我乾脆轉了話題：「對了，**宇宙** 天體上的變化，對地球都會有一定的影響，對不對？」

「當然，例如 **太陽黑子** 爆炸，就有可能切斷地球上的 **無線電通訊**。」

「那麼，照你看來，這七顆星的光度曾起變化，與及那顆七等星突然 **光芒大盛**，會對地球產生什麼影響？」

殷達呆了半晌，才説：「那些星體距離地球這麼 *遠*，我倒沒想過會對地球產生什麼實則影響。」

「殷達，如果你想到了，記得通知我。謝謝你。」

我和殷達的通話結束，而我發現陳長青正在那幅星空圖上畫來畫去，喃喃自語：「把東方七宿想像成一條龍，倒真是不錯，看，聯結起來的線，看起來真像一條龍。但這條龍象徵着什麼呢？」

　　陳長青一面說，一面畫，他不是簡單地用線將星**聯結**起來，而是加上許多*細節*，真的繪畫出一條栩栩如生的龍，使我啼笑皆非，「你有必要畫得這麼*精細*嗎？把我的星空圖當**畫布**啊？」

　　怎料當他畫好之後，我們都呆了一呆，他深吸**一口氣**說：「感受到了嗎？」

　　他畫的龍充滿了**霸氣**，身體各部分射出了星芒，交匯在龍的嘴前，我戰戰兢兢地說：「它象徵一股**強大**的力量，要將某個東西**吞沒**！」

## 第十章

# 一城將滅

陳長青聽了我的說法，用力一拍桌子說：「對！一股強大的力量，要吞沒什麼。但這股強大的力量是……」

「**巨災**。」我說：「孔振泉不是說過，東方會降災嗎？譬如說 **海嘯**，海水吞沒了一切。龍就是 **海龍王** 的意思？」

陳長青點着頭，「聽起來有點道理。龍通常是 **帝王** 的象徵，除了海龍王，也可以是 **皇帝**，現在東方還有什麼皇帝？」

「日本天皇？」

「泰王？」

我倆胡亂臆測了好一會，覺得沒有什麼用處，倒不如去孔家翻閱書籍，希望查出上一次七星聯芒構成的災禍，以古鑑今。

於是我和陳長青前往孔家，孔家正忙着辦喪禮，孔振源自然不太歡迎我們。

我說明了來意，他搖頭道：「我看不太方便。」

但我立即說：「這是孔老先生的遺願，他生前要我去做點事，你也知道的，我一定要替他做到，不然令兄在九泉之下不能安息。」

這招果然奏效，孔振源總算允許我和陳長青到孔振泉的房間中看書，但警告道：「不能在屋子裏亂走。」

我們連聲答應，就進入了孔振泉的房間。

接下來，一連七天，我倆 **飲食** 自備，天天來孔振泉的房間查看各種天文書籍。陳長青當了孔振泉一年僕人，沒有 **白當**，他非常熟悉各種書籍的擺放位置，也知道哪些書有用，哪些書根本連翻也不必翻。

除了書籍之外，孔振泉觀察天象所寫的筆記數量之多，也十分驚人。他的 **筆迹** 潦草，字體時大時小，用詞 **生澀**；估計他大約自二十歲起，開始有了記錄觀察所得的習慣，一直到逝世，超過 **七十年** 的記載，我們 **七天** 看下來，簡直看得頭昏腦脹。

然而，我們卻大有收穫，發現孔振泉對不少世界大事，包括 **戰爭**、**天災**、**人禍**，甚至大人物的 **逝世**，都曾經占算出來。不過，有關於七星聯芒的資料，我們卻暫時未能找到半點 **線索**。

在這七天裏，我和白素相見的時間極少，她一直在地

下室裏，沒想到她說要辦的事，竟要辦這麼久。那天我**半**
**夜**  回去，恰好碰到她從地下室出來，我好奇地問：「你
天天到地下室裏究竟幹什麼？」

她用 **挑戰** 的語氣說：「你猜。」

我連日看孔振泉的資料已弄得頭昏腦脹，哪裏還有精
神去猜謎？於是我高舉雙手笑道：「我**投降**了，你揭曉
吧。」

怎料她指住我的鼻子，教訓道：「我就是在補救你這
種**沒耐心**的性格！」

我對她的話感到莫名其妙。她又説：「你自己好好*反省*一下就會明白我在幹什麼。」

我立刻笑道：「不用那麼麻煩，我直接到地下室去看看就知道了。」

她「哼」了一聲，「看不起你。」

就因為這簡簡單單的四個字，我在猜到她幹什麼之前，都不敢進 **地下室** 去。

第二天早上，陳長青又約了我一起去孔家，和之前七八天一樣，我們翻閱着筆記和書籍，我發現了相當重要的一條線索，孔振泉特地用另一種 紙張 寫着，夾在大疊 **筆記** 之中。它引起我注目的原因，是因為上面提到了東方七宿。

字條上寫着：「東方七宿，主星青龍三十，**赤芒**煥發，主大禍初興，而雲氣瀰漫，大地遭劫，**生靈塗炭**，亦自此始。三十主星之間，星芒互挫，主二十年內，自相殘殺，血流成渠，**庶民**遭殃，悲哉悲哉！」

在這幾行大字之旁，還有一行 **小字** 註着：「天輻暗而復明，另有 **太平盛世** 見於東方，真異數也。」

孔振泉的筆記，大多數文字十分**晦澀**，這兩段文字似乎是説：東方七宿三十顆主要的星，忽然一同起了**變化**，那是人間大禍臨頭，生靈塗炭。但是又有着**轉機**，在東方，就在房宿之下的天輻星官，**先暗**後明，有太平盛世的異數。

可這不是自相矛盾嗎？我看了幾遍，只能隱若**領悟**一些，便把陳長青叫了過來：「你來看看，這兩條提到了東方七宿，是不是有特別的意義？」

陳長青拋下手中的書本，走過來看，然後**皺着眉**，「不容易明白……天輻的位置，是在整條青龍的腹際……」

「生靈塗炭和太平盛世**共存**，這種矛盾的説法，似乎也很難理解。」

陳長青把紙條翻了過來，竟有重大發現，「看，後面

另有記載。」

孔振泉用極潦草的 *字迹* 寫下了一句，我和陳長青逐字辨認着：「費時一載，占算東方七宿三十主星氣機所應，所得結果，實為 天機，已藏於最妥善處，見者**不祥**，唯在日後，七星有芒，方可一睹。其時，**生死交替**，不復當年矣。」

我和陳長青看了，不禁呆了半晌，我首先打破 **沉寂**：「這段話的意思很明顯：三十顆東方七宿的 **主星**，影響了**三十個人**的行為，他連那三十個人是誰都推算出來了，但因為『見者不祥』，所以他把名單 **密藏** 了起來。但如今已到了他所說『七星有芒』的時候，**名單**應該可以讓人看了。」

陳長青 心急 道：「在哪裏？」

「耐心找，一定可以找得到的。」我説完立即想起白

素 **批評** 我沒有耐心，現在我叫陳長青耐心去找，實在有點諷刺。

又過了三天，我們的耐心沒有得到回報，找不到孔振泉所藏起的「**名單**」。

但到了第四天，陳長青在翻查古籍時，倒有 **新發現**。那是一本十分 **冷門** 的書，連書名也沒有，而且還是 **手抄** 的，書中有這樣的記錄：「建初三年戊寅七月，白虎七宿，七星聯芒，匯於極西，**大凶**，主極西之地，一年之後，毀一大城，無有能倖免者。」

陳長青一看到這條 **記載**，就大叫起來：「看，七星聯芒的星象，看來真是 **大凶之象**，表示有一個 **大城市** 要被毀滅。」

我連忙也看了一下，「是啊，那次是西方七宿的七星聯芒，一個 **西方** 的大城市要毀滅，建初……建初……那

是什麼皇帝的**年號**?」

「中國歷代**皇帝**那麼多,所用的字眼又差不多,誰能記得住?」

陳長青說得對,除了幾個著名皇帝的年號之外,誰能記得那麼多?我立刻上網查,找到了三個皇帝用「 建初 」來作為年號:東漢章帝,後秦姚萇,西涼李暠,年代分別是公元76到84年,公元386到394年,公元405到417年。

看到西方七宿七星聯芒的**日期**,是「建初三年戊寅七月」,一年後,西方一個大城市將遭遇毀滅之災,那麼,這個大災禍發生的**年代**,一定是在下列三個年份之一:公元79年,公元389年和公元408年。

我和陳長青把這三個年份**列**了出來,我先指着「公元79年」這個**數字**,說:「公元79年,未免太早了吧,那時候,西方不見得會有什麼大城市可遭毀滅──」

　　我才講到這裏，陳長青突然現出了 **訝異** 之極的神情。我看到他這個樣子，怔了一怔，突然也想到了，不禁睜大眼睛。

　　「天！」我倆不約而同地 **驚嘆**。

　　因為我們都想起了公元79年，在西方發生過什麼事，那是人類歷史上極其著名的 **大慘劇**，當時羅馬帝國興盛，龐貝城是世界上數一數二的大城市，但在公元79年8月，因為維蘇威火山爆發，全城被 **熔岩** 和 **火山灰** 淹沒，毀於一旦，全部 **人口** 無一倖免。（待續）

### 衣冠楚楚

聽歌劇的人都是**衣冠楚楚**的紳士淑女，不會冒着大雨去找車子，所以從歌劇院門口到大堂都擠滿了人。

**意思：**服飾整齊鮮麗。

### 狗血淋頭

他雙手用力撥開人群，比我粗野得多了，當他伸手推開那中年人時，我心裏暗笑，想看看那中年人怎樣把陳長青罵個**狗血淋頭**。

**意思：**古以狗血灑在東西上以去不祥。比喻把人罵得很兇。

### 大惑不解

我**大惑不解**之際，陳長青已經來到了我面前，嚷着：「衛斯理，見到你真好，我剛好有事找你。」

**意思：**十分糊塗、迷惑，不懂道理。

### 欲言又止

那人**欲言又止**，這時一輛黑色的大房車駛到我們身邊停下。穿制服的司機慌忙下車走過來，為那中年人撐傘，「二老爺，快上車吧。」

**意思：**吞吞吐吐，想說卻又不說。

## 影影綽綽

那是真正的大屋，完全是舊式的，在黑暗中看來，**影影綽綽**，不知有多大，那些飛簷，看上去活像一頭頭怪鳥。

**意思**：隱隱約約、模糊不真切的樣子。

## 力不從心

老人激動起來，身子發抖，吃力地抬起手，想指向什麼，卻**力不從心**，只是嚷着：「阻止他們！阻止……他們……」

**意思**：心裏想做某事，力量卻無法達到。

## 深信不疑

孔振源告訴過我，他哥哥說話顛來倒去，現在我**深信不疑**。

**意思**：非常相信，毫不懷疑。

## 生靈塗炭

這倒合了老人的胃口，他長嘆了一聲：「是啊，**生靈塗炭**！庶民何辜，要受這樣的荼毒！」

**意思**：形容人民生活於極端艱苦的困境。

## 不置可否

我笑了一下，**不置可否**，「亥子之交」是午夜時分，我實在不太願意半夜三更來聽這種胡言亂語。

**意思：**不表示任何意見。

## 啼笑皆非

我感到**啼笑皆非**，今天淋過雨，此刻只想盡快洗澡，便嘆了一聲：「你來吧。」

**意思：**哭笑不得。形容不知如何是好。

## 老羞成怒

我有點**老羞成怒**，「我現在還要重重踢你一腳，我就不信你的小腿上也有護甲！」

**意思：**羞愧到了極限而轉變成惱怒。

## 倒果為因

白素笑了一下，「你**倒果為因**了，是由於天會清明，所以他才約我們那個時候去觀星象。」

**意思：**在證論因果關係時，以因為果或以果為因，顛倒事物的因果關係。

### 走火入魔

我發現白素也和陳長青一樣**走火入魔**了，居然完全相信孔振泉的話。

**意思：**以走火入魔泛指修行者將禪修生起的幻境和現實世界混淆的精神症狀，比喻過分沉溺於某事。

### 一命嗚呼

我立刻反駁：「那是假設孔振泉的星相學說不可信。但如果孔振泉的話是真的，那麼我也會跟他一樣，**一命嗚呼**！」

**意思：**生命結束。嗚呼：嘆詞

### 騎虎難下

反正我已**騎虎難下**，我便忍辱負重地，集中精神，把那個動作和說話再重複了兩三遍，心想他倆應該滿足了吧，正準備跳下那塊大石之際，我卻呆住了。

**意思：**騎在老虎的背上，害怕被咬而不敢下來。比喻事情迫於情勢，無法中止，只好繼續下去。

### 悲從中來

說到這裏，孔振源**悲從中來**，忍不住流下男兒淚，「那時我還不覺，現在想來，他當時可能已經預料到今天會……」孔振源傷心得說不下去。

**意思：**悲哀從心底發出。

# 衛斯理系列 少年版 19

# 追龍 上

作　　　者：衛斯理（倪匡）

文 字 整 理：耿啟文

繪　　　畫：鄺志德

責 任 編 輯：陳珈悠　朱寶儀

封面及美術設計：BeHi The Scene

出　　　版：明窗出版社

發　　　行：明報出版社有限公司

　　　　　　香港柴灣嘉業街 18 號

　　　　　　明報工業中心 A 座 15 樓

電　　　話：2595 3215

傳　　　真：2898 2646

網　　　址：http://books.mingpao.com/

電 子 郵 箱：mpp@mingpao.com

版　　　次：二〇二一年七月初版

I S B N：978-988-8687-66-4

承　　　印：美雅印刷製本有限公司